유비쿼터스

그럼에도 불구하고

이정완 지음

Ubiquitous

유비쿼터스
그럼에도
불구하고

Poetry Three

삶의 본질은 무엇인지, 인간다움의 끝은 어디인지, 그리고 기술이 얼마나
우리를 대변할 수 있는지 그 모든 물음이 우리의 일상과 함께 흐르고 있습
니다. 오늘날의 시는 우리 삶을 다양한 각도에서 비추는 거울이자 시대의
흐름을 담는 창이기도 합니다.

_프롤로그 중에서

좋은땅

프롤로그

유비쿼터스 환경에서의 삶은 우리로 하여금 수많은 질문을 던지게 합니다. 삶의 본질은 무엇인지, 인간다움의 끝은 어디인지, 그리고 기술이 얼마나 우리를 대변할 수 있는지 그 모든 물음이 우리의 일상과 함께 흐르고 있습니다. 오늘날의 시는 우리 삶을 다양한 각도에서 비추는 거울이자 시대의 흐름을 담는 창이기도 합니다. 특히 이 시집《유비쿼터스 그럼에도 불구하고》는 시를 통해 삶의 무게, 자연과 기술의 균형, 그리고 세상의 빠른 변화 속에서 잃지 말아야 할 가치를 심도 있게 탐구하고 있습니다. 이 시집은 그러한 질문에 대해 시인이 깊이 응답하며 그려낸 한 편의 사유와 반성의 기록물입니다.

이 시집은 특정한 한 주제에 얽매이지 않고, 삶의 다채로운 면면을 다양한 목소리로 담고 있으며, 각 장의 제목에서 느낄 수 있듯 자존감을 지키며 살아가는 삶, 지속 가능하게 보존해야 할 자연, 그리고 변화와 혁신을 수용하는 기술 등 각기 다른 장이 연결되어 있습니다. 시인은 이 시집을 통해 인간이 추구하는 존엄과 자연에 대한 존중, 그리고 기술 속에서도 흔들리지 말아야 할 우리 내면의 본질을 다시금 성찰하게 합니다.

제1장, 삶 - 자존감 있게 살자에서는 흔들리지만 굳건히 자신을 지켜 나가는 인간의 모습이 그려져 있습니다. 사랑과 두려움, 진실과 거짓 속에서 성장하는 삶의 모습을 다양한 이미지와 은유로 풀어내며, 시인은 독자에게 내면의 강인함을 찾아가길 권합니다. 이는 단순한 회상이나 추억의 묘사를 넘어서, 오늘날을 살아가는 우리가 처한 내면의 고독과 불안 속에서도 인간다움과 용기를 잃지 않도록 격려하는 외침입니다. 시인은 그 속에서 자신을 지켜 내는 자존감을 향한 이야기를 시어로 풀어내며, 마치 저 너머의 세상을 향해 나아가는 등불처럼 독자에게 희망을 전합니다. 인간의 자존감이란 흔들리는 세상 속에서 다시 중심을 찾아가는 여정이며, 이 여정이야말로 우리가 자신의 존재를 온전히 인식하는 과정임을 이 시집은 조용히 설파합니다.

제2장, 자연 - 지속 가능하게 보존하자에서는 인간이 자연과 더불어 살아가야 하는 이유를 일깨웁니다. 시인은 울릉도와 독도의 파도, 반구대 암각화의 고래에 이르기까지, 우리 땅의 고유

한 정서를 통해 자연의 시간성과 그 안에 깃든 평화로운 서사를 그려 냅니다. 자연은 그저 우리의 시야 속 풍경이 아닌, 우리의 숨결과 마음을 지탱해 주는 존재라는 메시지가 시인의 시선 속에 녹아 있습니다. 시인은 자연이 단순히 우리가 소비하는 자원이 아니라, 우리의 뿌리이며 미래임을 상기시키고 있습니다. 시인은 이 시집에서 우리에게 자연을 지키고 보존하는 책임을 일깨우며, 그것이 곧 우리의 본성을 지키는 일이기도 함을 전합니다. 자연은 거대한 생명의 리듬 속에서 우리에게 사색과 평온을 선물하며, 그 경이로움은 시어 속에서 다시금 눈앞에 펼쳐집니다.

제3장, 기술 - 변화와 혁신을 수용하자에서는 현대사회에서 인간이 마주한 기술과 혁신의 세계를 조명합니다. 시인은 기술을 단순히 혁신의 상징으로만 다루지 않고, 우리의 인간성을 되돌아보게 하는 창으로 활용합니다. 인공지능과 디지털 사회 속에서 인간이 놓칠 수 있는 진정한 의미, 그리고 속도와 효율만을 중시하는 세태에 대한 회의와 경고를 이 시집은 은유적으로 풀어냅니다. 기술이 발달하면서 우리는 더욱 서로를 연결할 수 있는 기회를 얻게 되었으나, 시인은 그 속에서도 진정한 소통의 의미를 잃지 말아야 한다고 노래합니다. 또한, 이 시집은 단순히 기술의 찬양에 머물지 않고, 우리에게 중요한 질문을 던지며 기술과 인간성의 균형을 지키기 위한 사유를 담고 있습니다.

《유비쿼터스 그럼에도 불구하고》는 이처럼 인간의 내면을 탐구하고, 우리가 발 딛고 있는 자연을 노래하며, 기술이 펼치는 미래를 그려내는 여정을 제안합니다. 시인은 시집 전반에 걸쳐 인간과 세계, 그리고 끊임없이 변하는 시간 속에서 "그럼에도 불구하고" 살아가야 할 이유와 그 가치를 되새깁니다. 이는 단순한 위로가 아니라, 변화와 고난 속에서도 본질을 잃지 않는 존재의 아름다움에 대한 찬미이자, 지향해야 할 가치에 대한 성찰입니다. 이 시집은 단순히 시인의 목소리를 담은 것이 아니라, 읽는 이로 하여금 각자의 마음 속에 간직한 질문들을 마주하게 하고, 잃어버렸던 감정을 깨우게 하는 역할을 합니다.

시인은 한 편 한 편을 통해 "그럼에도 불구하고, 나는 나다." 라는 굳건한 믿음과 인간이 걸어가야 할 내면의 길을 제시하며, 독자가 그 길 속에서 자기 자신을 찾아갈 수 있도록 조용히 이끌어 줍니다. 우리들의 일상 속 사소한 것들 속에 숨어 있는 의미, 우리가 매일 스쳐 지나가는 순간들 속에서도 끊임없이 피어나는 생명과 내면의 빛을 발견하고 지키는 것이야말로 삶의 본질이라는 깨달음을 전합니다.

그럼에도 불구하고, 우리는 고요하게 피어나는 희망을 발견하고, 그 희망 속에 깃든 힘을 통해 앞으로 나아갈 수 있습니다.

∥목차∥

제2장. 자연 - 지속 가능하게 보존하자

제3장. 기술 - 변화와 혁신을 수용하자

제1장

삶 –
자존감 있게 살자

Ubiquitous Poetry Three

그럼에도 불구하고

사랑이 두려움의 옷을 벗어던질 때
빛은 강물 되어 흘러가고
어둠 속에 길잡이로 서서
우리 가슴에 등불을 심네

취약한 땅에 뿌리 내린 믿음
고요히 피어난 꽃
그림자는 낮게 속삭이고
두려움은 문을 닫지만 사랑은 날개를 달고 나네

진실과 온기로 하늘을 건너는
두려움 없는 사랑이야말로 가장 큰 용기
그 사랑 속에서 삶은 꽃처럼 피어나고
상처는 새살로 차오르네

두려움 없는 사랑이 우리를 비추고
그 빛 아래 참된 힘이 깃들 때
어둠 속에 길을 밝히는 등불 되어
우리는 그 사랑 안에 굳건히 서리라

어느 務安人의 꿈

언덕 끝에 서서 바다를 내려다보며
수평선에 내 마음을 깊이 묻었네
물결에 몸을 띄워 꿈은 파도에 실려
바람 따라 멀리서 기쁨이 밀려왔지

욕망은 바람을 타고 불어와
거대한 배와 함대를 꿈꾸던 날들
권력과 재물을 갈망하며
거친 물결 속에 나를 던졌네

이제는 유리벽 속에 갇혀
바다 멀리 떠난 나를 보네
고요한 해변의 숨결을 그리워하며
수평선이 꿈을 속삭이던 그날을
바다가 나를 부르던 그곳을 떠올리네

수평선 너머 흘러간 꿈을 잃고
다시 바다의 노래를 듣고 싶네
물결 속에서 잃은 나의 꿈을 찾아
고요한 바다의 품에 다시 기대네

거울 속에 비친 시인의 자화상

거울 속에 비친 나의 얼굴
고요히 흔들리는 두 눈의 그림자
무거워진 이마에 스친 지난날의 자국들
그러나 눈빛 속에서 아직 타오르는 불씨
이번엔 저 불빛이 길을 비출 것이다

금이 간 거울 틈새로
내 잃어버린 문장들이 스며들 때
끊어진 언어들 조용히 이어 붙이며
그 틈새로 흘러나오는 나의 목소리
이번엔 그 소리가 하늘에 닿으리라

거울 속에 잠긴 나의 얼굴
무너진 시간 속에서 떠오르는 그림자들
그러나 그 속에 묻어 둔 꿈 하나
침묵 속에서 길러 온 나의 시
이번엔 세상에 울려 퍼지리라

자연 속에 투영된 시인의 자화상

늦가을 속에 흐릿하게 서 있는 나
낙엽이 스쳐 간 자리엔 겨울의 그림자
그 밑엔 이미 봄이 움트고 있어
고요한 침묵 속에 묻어 둔 언어들
새순처럼 돋아날 것이다

달빛은 구름에 가렸어도
그 은빛은 땅속에서 잠들지 않네
흩어진 나의 시어들은 바람이 되어
들녘에 내려앉아 씨앗을 틔우고
기어코 꽃을 피우리라

한겨울 속 눈빛은 강물처럼 잔잔히 흐르고
세월이 남긴 잔상 속에서도
불씨 하나는 꺼지지 않았네
내 안의 불빛이 속삭인다 그럼에도 불구하고
반드시 봄이 올 것이다

물결 속의 파도

바다는 고요를 깊이 삼키고
물결은 그 품에서 쉼 없이 흐른다
멀리서 높게 이는 파도는
고요를 깨뜨리며 다가오지만
결국 바다의 속살로 스며들리라

휘몰아친 바람은 마음을 흔들고
우리의 불안은 파도처럼 일렁이지만
그 흔들림조차 머물지 않으리
지금의 고난은 지나가는 파도일 뿐
바다는 언제나 그 안에 시간을 묻는다

파도는 그 부딪힘 속에서 빛을 깎고
어둠 속에서도 그 빛을 놓지 않네
거친 물살 속에 감추어진 꿈은
천 번 부서져도 다시 일어나
바다 위에 찬란히 피어오르리라

어느 파일럿의 꿈

처음 본 하늘은 별빛이 흐르는 물결
구름은 은밀히 속삭였네 자유의 노래를
푸른 날개를 펴 별들 사이를 가르며
꿈의 깃털 하나 날리며 그 기쁨에 젖었지

시간은 흘러 꿈은 더 넓어졌고
작은 날개론 담을 수 없는 하늘이었네
폭풍을 뚫고 거대한 비행을 찾아
그 하늘 왕국의 문을 열었지

하늘은 끝없고 그 품에 나의 욕망은 자라
별 저 너머까지 날고픈 갈증이 나를 태웠네
우주선에 몸을 실어 하늘의 주인이 되었으나
구름은 더 멀어지고 별빛은 희미해져 가네

도시의 빌딩숲 높은 유리벽에 갇혀
구름 위에서 들리던 자유의 속삭임
별빛 하나가 내 마음에 스며
꿈 부르던 은하수의 날들

어느 항공 승무원의 꿈

처음 마주한 하늘, 별빛이 흐르는 바다
구름은 조용히 속삭이네 자유의 숨결처럼
날개를 펴고 은빛 사이를 날며
꿈의 조각을 하늘에 흩날리며 춤추었지

세월이 흘러 꿈은 더 커져 가고
작은 비행으론 더는 담지 못할 하늘
폭풍을 지나 거대한 항공기에 몸을 싣고
하늘의 제국에 입성하였네

하늘은 끝없이 나를 불러내며
가슴에 야망을 별 너머까지 채웠지만
승무원이 되어 하늘을 누비는 동안
구름은 점점 멀어지고 빛도 사라지네

이제는 유리벽 속에 갇힌 도시
고요한 밤, 구름 너머에서 들려오던
자유의 속삭임 별빛의 환희
그 단순하고 맑았던 날들

어느 해양인의 꿈

언덕 위 처음 마주한 바다 끝없는 푸른 선
파도에 자유의 노래를 실어
은빛 너울 속을 떠다니며
내 마음을 파도에 던졌지

세월은 흐르고 꿈은 더 커져
작은 배로는 더 이상 담을 수 없던 그 바다
폭풍을 뚫고 더 거대한 배를 찾아
다시금 바다를 품으려 나섰네

넓고도 넓은 바다는 더 큰 욕망을 일구고
그 바다를 지배하려는 갈망이 꿈틀댔네
선장이 되어 푸른 대양을 다스리며 나아갔지만
사랑했던 해변은 점점 멀어져만 가네

이제는 철과 유리로 둘러싸인 도시
부와 권력이 얽히고설킨 미로 속에서
다시금 바다를 바라볼 시간도 잊었네
끝없는 수평선이 그리워지네

새 생명의 탄생

가을 바람 속에서 속삭이는 기운
하늘은 맑고 땅은 풍성한 숨결로
새 생명은 온 가족의 손길에 자라
청명한 하늘을 품고 다가오니
그 빛은 우리 삶에 축복으로 내린다

태어나는 아기의 미소는 별처럼
밤하늘 가득한 기대로 가득 차네
그 작은 손이 세상을 움켜쥘 때
우리 마음은 뜨거운 사랑으로 녹아
모두의 가슴에 희망을 심어 준다

새로운 생명 기쁨의 여정에서 귀인처럼
가정에 평화와 복을 안고 오니
바람결 속에 흩날리는 기쁨이 되어
하늘과 땅 사이로 맺히는 축복이
다시금 우리 삶을 감싸안는다

태명 꿀떡이

가을 하늘의 푸른빛 속에
꿀떡이 그 이름 안고 오는 바람
그대는 세상에 첫발을 내딛고
풍요로움의 계절 감사의 향기와 함께
우리는 두 팔로 따스히 맞이하네

길 위에 깔린 축복의 별빛들
하늘이 열어 준 귀인의 발걸음
그대는 우리의 기쁨으로 다가오고
가정의 평화를 안고 와
밝은 빛을 따라 걸어가리라

큰 꿈을 안고 세상을 향해
이제 시작이니 길은 열려 있고
가족의 축복 속에 자라는 생명
그대의 첫 숨결이 세상을 울리면
소양과 덕망, 재물과 명예가
너와 우리 모두를 감싸안으리라

첫 손주의 숨결

새벽달이 창에 걸리니
첫 숨은 바람 따라 고요히 스며들고
귀인 되어 오니라 먼 조상들의 바람이
너의 작은 발자국 위로
하늘이 빚어낸 꿈이 펼쳐지리라

너는 푸른 기운을 등에 지고
호연지기 강물 되어 흐르리라
가문이 피워 온 꽃잎을 밟으며
네 이름에 빛이 깃들리라

할아버지의 기도는 이슬이 되어
네 어깨 위로 내리니
수신제가 그 길 끝까지
너를 비추는 등불이 되어
평천하의 문을 넓게 열리리라
너를 통해 이어질 그 길 위에

가화만사성

호연지기 하늘 빛 고운 씨앗이여
수신제가의 울림 속에서 솟아나는
맑은 기운 대를 이어 흐르리라
가화만사성의 전통을 따라
너의 이름은 빛나는 별이 되리라

동쪽 바람이 불어와 귀인을 맞이하니
가문의 역사가 다시금 빛나고
평화와 복이 겹겹이 쌓이니
하늘과 땅 사이 새로운 길이 열리리라

가슴 속 태양이 솟아오르며
공경과 성실 청명한 영혼 속에 뿌리내리고
새로운 시대의 선봉에 서서
세상의 빛과 함께 걷는 너의 길
그 길이 가문의 자랑이 될 것이라

가족이라는 생태계

가을빛 가득한 하늘 아래
새 생명은 잔잔한 물결처럼 오고
손주가 첫 숨을 쉬는 순간
그 부드러운 기운이 우리 삶을 감돌아
집 안 가득 행복의 꽃이 피어나네

작은 손끝에 내려앉은 온기
그 온기가 가족의 마음을 엮어
부드럽게 서로를 잇는 다리처럼
우리 사이에서 빛나는 실타래가 되어
모두의 사랑을 묶어 내리라

부모 된 마음은 강물처럼 깊어
아이의 웃음소리가 물결이 되어 흐르고
함께 나누는 말 한마디가 씨앗이 되어
가족의 뿌리는 더 깊어지고
그 위에 풍요로움의 꽃이 피어나네

이기적 유전자의 노드를 따라

맑은 아침 첫째 준서의 울음소리
바람에 실린 희망 새싹이 자라듯
뿌리 깊은 나무 아래 피어난 두 아들
그 곁엔 따뜻한 미소가 흐르고
가화만사성의 집안에 풍요가 깃드네

준우 그대의 첫 걸음마에 맞춰
아버지 동언은 더욱 든든히 서고
손끝마다 새겨지는 가문의 지혜
가족의 등불은 빛을 더해
세월이 흐를수록 행복은 더욱 깊어지리

두 아이의 웃음소리가 가득할 때마다
하늘은 맑고 땅은 넓어지네
가문의 전통은 바람에 흔들리지 않고
한 발 한 발 그대들이 걸어갈 길 위에
사랑과 화목의 나무가 뿌리내리리라

펫 에티켓

아침 햇살의 손길이 부드럽게 퍼지면
골든의 눈빛 속에 공손의 꽃이 살랑거린다
발끝에서 춤추는 사랑의 리듬
에티켓은 그녀의 소통 방식
서로의 마음이 춤춘다

길 위에 남겨진 발자국 소리
한 걸음 한 걸음 배려의 선율을 그리며
해미의 손길과 골든의 숨결이 맞닿아
기다림과 이해로 이어진 행복의 조각들
에티켓은 서로를 이해하게 한다

해미의 웃음과 골든의 경쾌한 발걸음
조화로운 만남 속에 숨겨진 지혜
애정의 깊이에서 피어나는 에티켓
그들은 사랑의 향기로 변해
매일의 삶을 아침 햇살처럼 밝혀 준다

펫 블로그

새벽이 열리면 햇살이 창가를 어루만지고
히트의 일상이 아침을 부드럽게 깨운다
부드러운 발끝에서 흐르는 사랑의 선율
매너는 그들의 일상 속 깊이 스며들어
하루를 여는 축제의 시작을 알린다

해인의 웃음 속에서 히트가 경쾌하게 뛰고
서로의 가슴에 감춰진 진실이 드러난다
애정의 깊이에서 피어나는 작은 배려
그들은 일상의 행복을 노래하며
매일의 삶을 맑게 물들인다

저녁 노을이 물든 하늘 아래
히트의 미소는 조용히 퍼지고 행복은
가슴 깊이 새겨진 사랑의 조각으로
히트와의 일상을 은은한 빛으로 채우고
그 순간을 더욱 따스하게 감싸안는다

오월 자유의 메아리

1980년 오월
철의 발자국이 광주의 골목마다 새겨지고
푸르른 하늘에 연기의 먹구름 피어오르던 날
청년들의 외침 별빛을 갈라 하늘에 닿았네
이름 없는 용사들 그들은 몸을 던져
자유라는 불씨가 되어 타올랐네

오월이 오면
자유는 불꽃처럼 하늘로 솟아오르고
민주의 아침 빛은 긴 어둠을 밀어내며
메마른 땅 위에도 용기의 꽃은 피어나네
그들의 희생은 저 하늘의 별이 되어
광주의 메아리는 은하수처럼 번져 가네

그날의 상처는 오늘의 우리를 일깨우고
정의의 길로 발걸음을 재촉하네
무명의 영웅들 그들의 외침은 잦아들지 않고
5월의 메아리는
우리의 가슴 속 자유로 퍼져 가네

민주주의를 향한 침묵의 외침

1980년
광주의 거리는 강철의 발자국으로 갈라지고
붉은 깃발은 오월 하늘을 찢으며 휘날렸네
청년들의 외침, 벽을 넘어 하늘에 닿아
그들은 자유를 불꽃처럼 품고 타올랐네

1995년
자유는 불길 되어 하늘 위로 춤추고
민주의 여명은 긴 어둠을 물리치며
황량한 땅에도 용기의 꽃이 피어 올랐네
그들의 희생은 저 별이 되어
새벽을 물들이며 어둠을 밀어냈네

2011년
그날의 상처는 오늘을 일깨워
정의의 길로 우리 발걸음을 이끌고
침묵의 외침, 무명의 노래는
민주를 향한 희망의 합창으로 피어나
유네스코 기록 속 그날의 영웅들은 숨 쉬네

민주주의의 불꽃

광주의 거리엔 군화의 그림자가 깊이 새겨지고
오월의 하늘엔 붉은 깃발이 찬란히 휘날리며
청년들의 외침, 별빛을 가르며 밤하늘을 가르네
그날 무명의 용사들은 자유를 위해 몸을 던져
불꽃처럼 타올랐네

오월이 오면
자유는 불꽃 되어 하늘을 수놓고
민주주의의 햇살은 어둠의 장막을 찢으며
용기의 꽃은 메마른 땅에서도 뿌리내리네
그들의 희생은 별빛이 되어
반민주주의의 그림자를 물리치네

그날의 상처는 오늘의 우리를 깨우며
정의의 길로 발걸음을 재촉하네
오월의 메아리는 끝없이 울려 퍼지고
민주주의를 향한 길은
희망의 합창으로 펼쳐지리라

노근리의 외침

1950년 7월
노근리 땅 위에
피난민들의 숨겨진 시간의 그림자가 드리우고
어린 영혼들의 웃음소리
총알 속에 묻혀 사라졌네

노근리 어둠 속
진실의 메아리가 속삭이며
피난민들의 침묵과 두려움은
별빛처럼 은은히 비추는 밤하늘 아래
노근리 대지에 평화의 새벽이 솟아오네

황간면 땅 속에
침묵 속에서 뿌리내린 평화의 씨앗
노근리의 영혼들은 평화의 나무로 다시 태어나
그들의 침묵 된 외침은 우리의 가슴 속에서
평화의 노래로 새벽을 맞이하리라

쌍굴 아래에서

1950년 7월 노근리
숨죽인 생명들의 조용한 울음소리
포화의 메아리가 하늘을 갈라
어린 영혼들 침묵 속에 스러졌네

쌍굴 아래에서
노근리의 영혼들 침묵 속에 사라진 그날
땅 위의 진실은 여전히 어둠 속에 감추어져 있으나
억울한 죽음은 생명의 불꽃으로 다시 타오르리라

노근리 평야 위에
새벽이 밝아 오면
그들의 눈물이 평화의 새싹으로 자라나고
그날의 진실이 생명의 꽃으로 만개하리
쌍굴다리 위에 솟아난 평화의 나무들
하늘 높이 뻗어 가네

여순 10.19의 메아리

1948년 10월
여수의 밤하늘에 제14연대의 그림자 드리우고
혼란과 진압의 흐름 속에서
영혼들은 바람 속에 흩날리듯 사라지네
그날은 역사의 심연에 깊은 흉터를 남겼네

순천의 새벽
여명의 빛이 어둠을 뚫고
햇살은 희망의 물결로 대지를 감싸네
폭력의 밤을 뚫고 솟아오른 새벽의 태양
잊힌 이름들은 별처럼 하늘에 속삭이네

여순 10.19의 메아리
진실을 향한 여정이 새로이 시작되며
그날의 기억은 평화의 씨앗으로 뿌리내리네
상처를 치유하는 손길은 강물처럼 흐르고
진실과 화해의 노래가 대지를 적시네

피와 평화 10월 여순 이야기

제14연대의 군인들이 반항의 깃발을 휘날리며
총성과 비명이 뒤섞인 여수와 순천의 서리
공포의 그림자가 드리운 그 밤
민중의 절규가 하늘을 가르며
1948년 10월 여수의 밤은 피로 물들었네

학살의 혼돈 속에 숨죽인 민중들
혼란과 공포 속에서 새겨진 비극의 역사
폭력의 잿더미에서
새로운 평화의 새싹이 움트네
여수와 순천의 아침 희망의 꽃이 피어오르네

고통의 땅에서 자란 평화의 나무
상처를 치유하는 손길은 강물처럼 흐르고
평화와 인권의 무지개가 하늘을 수놓으며
진실의 등불을 높이 들고
10월의 여수와 순천 이야기는 계속되네

여수 · 순천의 침묵

1948년 10월 어둠 속에서
제14연대의 군인들이 불길처럼 일어나
여수와 순천의 거리는 피로 물들었네
총성과 비명의 혼돈 속
그 밤 깊은 상처로 뚫린 하늘이었네

폭력의 잿더미 속에서 새로 솟은 생명의 싹
침묵된 이름들은 바람 속에서 노래하며
그날의 고통 속에서도
굳건히 자란 평화의 나무들
여수와 순천의 땅에서 희망의 꽃을 피우네

10월의 침묵된 외침은
진실을 밝히는 등불을 높이 들어
상처를 치유하는 손길은 강물처럼 흐르며
평화와 인권의 무지개가 하늘을 수놓고
희망의 씨앗으로 오늘도 메아리치네

10.19의 여순 이야기

1948년 10월 여수의 밤하늘
붉은 물결에 잠기고
제14연대 군인들의 그림자
총성과 비명이 어둠을 갈라 퍼지네
폭력과 혼돈의 밤

학살의 소용돌이 속 숨죽인 민중들
어둠 속에서 피어난 생명의 꽃들
10.19의 피와 눈물은 바람에 실려 먼 길 떠나고
여수와 순천의 아침에는
희망의 빛이 새롭게 비추네

10월의 여수와 순천 이야기
고통과 눈물 속에서 꽃을 피우며
죽음 속에서도 자라난 평화의 가지들 사이로
그날의 이야기는 희망의 별이 되어
하늘을 수놓고 있네

제14연대의 외침

제14연대 군인들
총성과 비명이 어둠을 가르며
학살의 혼돈 속 떨던 민중들
1948년 10월 여수의 밤하늘
붉게 타오르며 깊은 상처를 남겼네

제14연대의 외침
제주 출병을 거부하며 외쳤던 절박함
폭력과 혼돈의 밤 속
눈물 속에서도 빛난 용기의 미소
잿더미 속에서도 피어나는 생명의 꽃들

그 외침은 어둠을 밝히고
상처를 치유하는 손길은 강물처럼 흐르고
고통을 이겨 낸 평화의 나무는 굳건히 자라
여수에서 순천까지 이어지는
평화를 향한 그들만의 외침이 되었네

제2장

자연 - 지속 가능하게 보존하자

울릉도와 독도의 노래

울릉도의 푸른 언덕
독도의 절벽이 하늘을 찌르며
동해의 해안선에 그려진 지도의 선
파도의 속삭임 속에 감춰진 역사의 숨결
우리의 바다는 깊이와 넓이로 춤춘다

끝없는 바다는 모험의 전장
안용복의 용맹 파도 속의 전설
문무대왕의 의지 물결 위의 서약
8광구의 숨겨진 보물들
해양의 신비를 품은 깊은 바닷속

동해의 심연
전설이 잠들고 꿈꾸는 곳
동해의 물결이 미래의 춤을 추며
울릉도와 독도 꿈의 출발점
해양 대국의 미래를 노래하는 새벽

독도에 새겨진 해양인의 꿈

백령도의 파란 해안에서 떠나
격렬비열도의 섬들 사이를 지나
가거도의 끝없는 수평선까지 이어지고
제주의 땅을 넘어 가파도와 마라도를 지나
남해의 길은 넓고 깊어라

이어도의 기지에서 출발하여
울릉도와 독도의 신비를 찾고
남해와 동해를 잇는 물길을 헤쳐 가며
서해에서 동해까지 펼쳐진
우리 바다 넓고 깊은 꿈의 바다

안용복의 발자취는 동해의 파도 위에서 춤추고
이순신의 거북선 함대는
한려해상에 깃발을 휘날리며
장보고의 꿈은 청해진에서 별처럼 빛나네
그들의 꿈은 삼면의 바다에 새겨져 있다

반구대 암각화 고래

반구대 암각화에 새겨진 고래들의 노래
동해의 물결 속에서 들려오는 고대의 메아리
7천 년의 시간 속 전설의 파도가 흘러
고래의 울음소리는 우리의 역사를 품어
동해의 숨결을 노래하네

안용복의 용기는
고래의 지느러미처럼 바다를 가르고
문무대왕의 결단은
파도를 지배하는 신령의 손길처럼
그들의 전설은 동해의 깊은 곳에 스며들어
우리의 바다를 지키고 있네

이어도의 꿈은
바다 위에 피어나는 영원의 꽃
반구대의 고래들은 미래를 향해 떠나고
그들의 노래는 희망의 바람을 타고 흐르며
동해의 파도 속에서 살아 있네

제7광구

제7광구
바다의 심장에서 불빛처럼 반짝이는 보석
격렬비열도의 파도는
이어도의 해양 기지에 울려 퍼지며
삼면 바다가 품은 우리의 자부심을 노래하네

이순신의 거북선은
한려해상의 별빛으로 길을 밝히고
이어도 해양 기지는
해양 문화를 비추는 바다의 등대
우리의 해양영토는 넓고도 고운 꿈을 안아

바다에 그려진 푸른 선의 벨트
해양자원 보전의 신성한 보금자리
해양환경 보호의 서약이
이어도에서 희망의 노래로 퍼져 나가고
우리의 해양 문화는 영롱한 유산이 되리

백령도에서 독도까지

격렬비열도의 세 섬들
이어도의 해양과학기지의 바람을 타고
7광구의 심연에서 비밀을 간직하며
울릉도와 독도의 푸른 바다에
파도의 노래가 희망의 멜로디로 흐르네

안용복의 용기는
반구대 고래의 지느러미에 새겨진 전설 같고
이순신의 함대는
한려해상에서 별빛으로 길을 밝히며
그들의 영혼은 푸른 바다에 새겨져
희망의 파도로 춤추고 퍼져 나가리라

이어도의 꿈
반구대 암각화의 노래
고래의 노래는 희망의 멜로디로
백령도에서 독도까지
희망의 파도가 등대처럼 빛나리라

한려해상의 메아리

한려해상의 푸른 바다
전라좌수영의 품에서
이순신의 거북선이 항해를 시작하며
여수의 바다 그날의 메아리를 품고
용맹한 수군의 숨결이 여전히 흐르네

백도의 기암괴석 천년의 비밀을 간직하고
오동도의 동백꽃은
여수의 심장을 붉게 물들이고
거문도의 바람은
한려해상의 전설을 부드럽게 속삭이네

한려해상 국립공원의 품속에서
71개의 무인도와 29개의 유인도
지심도에서 오동도까지
한려해상의 메아리
파도 속에 우렁차게 울려 퍼지네

여수의 밤바다

여수의 밤바다
빛과 파도의 교향곡이 흐르고
이순신의 거북선이 남긴 푸른 파도가
역사의 해저터널을 품은 채
전라좌수영의 유산을 간직하네

빛과 파도가 엮어 낸 선율 속에
오동도의 동백꽃이
여수의 심장에서 불타오르며
거문도의 바람은
전라좌수영의 전설을 속삭이네

여수의 밤바다
파도와 빛의 심포니가 울려 퍼지고
백 개의 섬들이 별처럼 반짝이며
섬과 섬을 잇는 무지개 다리가 솟아오르고
뮤지컬 전라좌수영이 펼쳐지네

백도 남해의 심장

백도 천년을 품은 남쪽 바다의 심장
기암괴석이 조각한 자연의 걸작
흑비둘기와 팔색조가 노래하는
천상의 정원 다도해의 별들

백도의 바람
전라좌수영의 승리의 속삭임을 담고
거문도의 등대는
밤하늘의 북두칠성으로 빛나며
만성리 검은 모래 해변은
힐링과 생명의 성역으로 반짝이네

백도의 기암괴석 위로
새벽의 태양이 솟아오르고
섬과 섬을 잇는 무지개 다리 따라
지심도에서 오동도까지
삼도수군통제영의 역사는
물결에 실려 춤추며 다가오네

여수 해양인의 꿈

이순신의 거북선 푸른 바다를 가르며
임진왜란의 파도 속으로
돌산대교 아래 흐르는 역사의 바다 속에서
전라좌수영의 승전의 메아리 울리네

거문도의 등대
밤하늘의 북두칠성처럼 빛나고
백 개의 섬들
천년의 비밀을 품은 거북선처럼
삼도수군통제영으로 나아가네

지심도에서 오동도까지
한려해상의 푸른 물결을 타고
71개의 무인도와 29개의 유인도가
삼도수군통제사의 깃발 아래
해양 대국의 승전보를
전라좌수영에 다시 메아리치네

여수 섬과 해변의 낭만

돌산대교 아래
임진왜란의 파도 속에 역사가 숨 쉬고
전라좌수영의 횃불이 하늘을 밝히며
한려해상의 파도는
삼도수군통제사의 영웅담을 노래하네

백 개의 기암괴석
남쪽 바다의 천년 비밀을 속삭이고
만성리 검은 모래 해변
모래알 하나하나가 신토불이의 승전가
전라좌수영의 뮤지컬을 펼치네

거문도의 바람 백 개의 승전보를 실어 오고
오동도의 동백꽃
전라좌수영의 횃불로 하늘을 물들이며
여수의 섬과 해변
파도와 빛의 교향곡을 연주하네

새만금의 아침

새만금의 아침
황금 태양이 바다에 수놓아지고
방조제 너머 펼쳐진 광활한 평원
바다와 하늘이 손을 맞잡았네

군산항의 부두
희망의 닻을 하늘로 올리고
고군산군도의 섬들은 별처럼 반짝이며
선유도의 망주봉 하늘로 솟은 빛의 등대가
새만금의 아침을 황금으로 물들이네

새만금간척박물관
시간을 거슬러 올라가는 여정의 문
새만금의 역사는 방조제 속에 스며들고
군산의 아침은 새만금의 푸른 물결 위에서
반짝이는 희망의 여울이 되네

군산의 푸른 바다

군산의 푸른 바다
금강과 만경강의 교차점에서
새만금 방조제는 부안의 품을 안고
군산의 바다를 가로지르며
아침 햇살에 황금빛으로 물드네

고군산군도의 섬들은
바다 위의 신비한 보석
망주봉은 서해의 높이 솟은 등대
옥돌 해변의 자갈은 은빛으로 속삭이며
명사십리 해변은 황금 모래의 물결을 펼치네

새만금의 아침 햇살 속에서
새만금의 물결은 희망의 찬가를 부르며
새만금의 꿈은 바다를 넘어 펼쳐지고
군산의 꿈은 푸른 바다 위에 반짝이네

망주봉 아래서

망주봉 아래
선유도의 전설은 해풍에 실려
옥돌 해변의 자갈들은 금빛 파도 속에
붉은 낙조는 바다를 따스히 감싸안네

고군산군도의 섬들 사이에서
옥돌 해변은 은빛 별처럼 깜박이고
명사십리 해변은
황금 모래로 길게 반짝이네

새만금 방조제
군산과 부안을 잇는 실크로드
새만금의 물결 소리는 바다를 넘어
희망의 선율로 퍼지며
군산은 아침 햇살 속에서 새롭게 피어나네

고군산군도

고군산군도
서해의 진주가 박힌 길 위에
옥돌 해변은 은빛으로 반짝이고
선유도의 망주봉은
조용히 군산의 역사를 감싸안네

고군산군도의 석양은
붉은 불꽃처럼 타오르며
섬들은 바다의 다이아몬드처럼 빛나고
선유도의 낙조는
하늘과 바다를 하나로 엮는 순간

고군산군도의 새벽 노을
새만금의 파도가 미래를 속삭이며
군산의 꿈은 바다를 넘어 끝없이 펼쳐지고
새만금의 희망은
아침 햇살 속에서 새로이 피어나네

선유도의 낙조

서해의 바람 속
선유도의 낙조가 붉게 불타고
옥돌 해변의 자갈들은
저녁 햇살 속에 별처럼 반짝이네
망주봉은 하늘을 향해 우뚝 솟아 있고

선유도의 낙조는
하늘과 바다가 맞닿는 꿈의 무대
명사십리 해변은 황금빛으로 번지고
새만금 방조제는
군산과 부안을 이어 주는 황금빛 다리

선유도의 낙조가 서해를 붉게 물들이는 순간
새만금의 파도는
석양 속에서 춤을 추고
새만금의 물결 소리는
군산의 낭만을 속삭이네

한탄강의 메아리

한탄강 은빛 실타래 136킬로미터
평강의 품에서 길을 열며
철원의 물살을 가르고 연천을 어루만지네
왕건의 전설을 잇는 길목 그 역사의 흐름

주상절리의 절벽 아래
물안개 속 숨겨진 한탄강의 비밀
재인폭포 비취빛 물줄기가 춤을 추고
차탄천 협곡 용암의 손길로 새긴 걸작

절리길 따라 여울물 소리에 희망이 깃들고
절벽 위 고요한 평화가 흐르네
한탄강의 메아리는
대자연의 악보와 연천의 멜로디에 맞춰
교향곡처럼 울려 퍼지네

현무암 절벽의 노래

한탄강 136킬로미터 은빛 실타래
평강의 품을 떠나 철원을 지나
연천의 품으로 흘러들며
임진강과 손을 맞잡고 주상절리길을 따라
현무암 절벽의 노래가 흐르네

한탄강이 새긴 자연의 걸작들
비취빛 꿈을 속삭이는 재인폭포
용암의 손길로 조각된 차탄천 협곡
한탄강의 선율이 주상절리길을 타고
현무암 절벽의 노래는 대자연의 교향곡

한탄강 주상절리의 행복 멜로디가
절벽 위 고요 속에서
희망의 속삭임을 전하고
주상절리길을 따라 현무암 절벽의 노래는
평화의 선율로 흐르네

차탄천에서 재인폭포까지

차탄천 협곡 용암의 손길로 새겨지고
현무암 절벽이 병풍처럼 둘러싸고
평화의 물결 속에 흐르는
한탄강의 걸작 그 신비로움

재인폭포 비취빛 물보라 은하수를 가로지르고
은빛 물방울 춤사위로 날아오르네
주상절리의 심포니가
천상의 화음을 울리며
한탄강의 이야기를 절리길 따라 흐르게 하네

차탄천 협곡에서 재인폭포까지
현무암 주상절리의 여정은
유네스코의 발길이 닿은
연천의 지질 역사를 따라가는
대자연의 탐방길이 되네

한탄강 여울물

한탄강 136킬로미터의 대서사시
평강의 품을 떠나 철원의 고요를 지나
연천의 넓은 품에 스며들며
임진강과 손을 맞잡는 길 따라
현무암 절벽이 기세등등 서 있네

재인폭포 수채화 물감으로 비취빛을 수놓고
차탄천 협곡 용암의 흔적이 새긴
주상절리길의 화폭에 펼쳐진
한탄강의 풍경 속
연천의 지질 역사가 흐르네

주상절리길 여울물이 속삭이는 희망의 여정
재인폭포 은하수를 꿈꾸는 환상 속에서
차탄천 물길 평화의 메시지를 전하며
아홉 가지 여울소리
한탄강의 꿈을 노래하네

자연의 캔버스 한탄강

한탄강 136킬로미터
평강의 품에서 떠나 철원의 정적을 지나
임진강과 만나는 곳까지
현무암 절벽과 여울물이 엮어 낸
자연의 화폭이 펼쳐지네

재인폭포 비춰빛 물결이 춤추며
차탄천 협곡 용암의 손길이 대지를 조각하며
주상절리길 따라 펼쳐진
유네스코의 세계지질공원에서
한탄강의 역사는 자연의 붓으로 그려지네

한탄강 여울물 소리
지질의 숨결이 담긴 희망의 교향곡
재인폭포 물의 선율 속에서 꿈을 엮어 내고
차탄천 물길 평화의 메시지를 전하며
한탄강 자연과 인간이 함께 그려 낸 캔버스

청주 인쇄문화의 역사를 기록하다

1377년 청주 흥덕사의 고요 속에서
직지심체요절이 금속활자로 새겨지고
옛날과 오늘을 잇는 시간의 다리가 되어
책의 역사는 이 순간에 숨을 쉬네

고인쇄박물관 지혜의 성전에서
직지의 글자는 미래를 비추는 등불로
장인의 손끝에서 피어난 꿈은
세상을 바꾼 금속 글자의 전설로
청주의 심장에서 직지의 꽃을 피우네

직지심체요절이 흥덕사에서 태어나
작은 글자 속에 청주의 역사를 담고
유네스코와 함께 세계의 주목을 받으며
청주의 명장들은 별처럼 밤을 지새우고
금속의 꽃으로 활짝 피우네

직지 청주의 자부심을 노래하다

금속 활자 속에서 태어난 전설
세계 최초의 활자본이 장인의 손끝에서
고요한 흥덕사 밤하늘에 수놓여
청주의 역사가 그곳에서 별처럼 빛나네

고인쇄박물관 지혜의 정원에서
흥덕사 직지 장인의 손끝에
사원의 불빛 아래 금속의 꽃이 활짝 피어나고
청주 직지심체요절의 탄생으로
그 명성이 온 세상에 퍼지네

직지심체요절
세계 최고의 금속 활자로 청주를 알리며
직지 문화축제는 청주의 거리마다
직지의 전통을 유네스코의 발길로 이끌어
흥덕사의 전설 세계를 향해 울려 퍼지네

내장산의 품 안에서

정읍의 아침 해가 산에 스미면
내장산의 능선은 비단처럼 펼쳐지고
내장호의 잔물결은 구름처럼 흘러
정읍의 이야기가 숲속에서 자라네

산길은 오래된 전설을 속삭이며
단풍 생태공원은 삶의 선율을 엮고
백련암의 달빛은 수제천의 역사를 담아
고요한 아침
내장산은 천년의 노래를 부르네

내장사에 햇살이 내려앉으면
단풍은 별빛처럼 반짝이고
전설은 달빛 속에서 흐르고
희망과 꿈은 푸른 숲에서 피어나
내장산의 품 안에서 펼쳐지네

천년의 사랑 정읍사

문화공원의 망부석이
정촌현 여인의 사랑을 간직한 채
기도는 바람을 타고 조용히 퍼지네
세월이 흐르며 사랑과 덕의 노래는
별빛처럼 반짝이네

무성서원의 유산은 밤하늘에 별처럼 반짝이고
정읍사 문화제는 노래와 춤으로
수제천의 선율을 담아내며
유네스코의 문화유산과 함께
천년의 사랑은 물결처럼 이어지네

옛 여인의 사랑과 덕은 노래비에 새겨져
기도는 천년을 넘어 흐르며
정읍사의 전설은
새벽 햇살 속에 다시 깨어나
사랑과 희망을 속삭이네

정읍사 오솔길 이야기

내장산 자락에 새벽 해가 스며들면
전설이 잠에서 깨어나고
정읍천의 물결은 은빛 실처럼 반짝이네
오솔길은 오래된 이야기를 속삭이며
정촌현 여인의 사랑과 덕을 간직하고 있네

무성서원의 선비 정신이 바람에 실려
고운 최치원의 고결한 선정이
길을 따라 흘러가고
동학농민혁명 전봉준의 의지와
최익현의 절개가 길에 새겨지네

푸른 숲속에서 희망이 꽃피우고
사랑의 이야기는 바람처럼 이어지며
무성서원의 지혜는 별처럼 반짝이고
오솔길은 사랑과 희망의 노래를 전하네
천년의 이야기 오솔길 따라 흐르네

무안 황토

무안의 황토 넓은 땅에 스며든 색
갯벌에 쌓인 황금빛 햇살에 반짝여
법천사의 고요한 벽에 새긴 황토
신도시 남악과 닿은 새로운 시작
자연이 만들어 낸 시의 한 조각

무안의 황토 땅의 숨결을 담은
순수한 흙 속에 꿈과 희망을 심어
자연과 사람의 정이 얽힌 곳
흙 내음 속에서 피어난 전설의 뿌리
무안의 사랑의 씨앗

무안의 황토 그 땅의 비밀을 품고
푸른 바다와 황토의 조화 속에
풍경과 맛 그리고 사람의 정이 어우러져
우리의 마음속에 새겨진 이곳
무안 그 땅의 매력을 노래하리

승달산의 햇살

승달산의 햇살 고요한 새벽
산자락을 감싸며 하나의 노래
회산 백련지의 물에 비치는 그림자
하루의 시작을 알리는 빛
무안의 갯벌 햇살에 반짝이네

법천사의 벽에 스며드는 골짜기
햇살 아래 펼쳐지는 자연의 연극
승달산의 햇살 무안 사랑 마음을 비추고
흙과 바람이 엮어 낸 은유의 언어
승달산의 햇살은 무안의 꿈을 싹 틔우네

무안 승달산 그 햇살의 고백
사람의 정성과 자연의 기운이
하나 되어 흐르는 빛의 강
승달산의 햇살로 무안의 꿈을 심다

무안 갯벌

무안 갯벌 넓은 바다의 무늬
조수 간만이 그리는 은밀한 선
황토와 모래가 엮어 낸 자연의 지도
갯벌 위에 펼쳐진 물의 속삭임

햇살이 비추면 무안 갯벌의 은빛
해초와 조개가 전하는 바다의 노래
파도 속 자연이 풀어낸 비밀의 자취
무안의 바다에서 들려오는 소리

무안 갯벌 그 빛과 소리의 교향곡
흙 속에서 자라는 꿈의 씨앗
바다의 속삭임과 바람의 향기
이곳에서 피어나는 풍요의 이야기
푸른 바다에 담긴 무안의 미래

남악 신도시

남악 신도시 새로운 세상의 시작
푸른 바다와 황토를 품은 그 땅
고층 빌딩 사이로 스며드는 바람
하늘과 맞닿은 도시의 길
미래를 향한 발걸음이 열리는 곳

햇살 속 번쩍이는 거리의 풍경
푸른 하늘과 닿은 고층의 빛
자연과 현대가 조화를 이루는 곳
미래와 전통이 어우러지는 땅

남악 신도시 빛과 소리의 교향곡
푸른 하늘과 황토의 선율 속
사람과 자연의 꿈이 어우러지는 곳
하나 되어 흐르는 미래의 강
신도시에서 새로운 길을 열다

회산 백련지

회산 백련이 흐드러진 연못
순백의 꽃잎이 물 위에 피어나고
햇살 속에서 반짝이는 고요한 물결
푸른 하늘에 비친 은빛 연꽃

연못의 가장자리에서 바람이 속삭이고
법천사의 그림자가 물속에 잠기며
꽃향기가 여운처럼 스며드는 곳
햇살에 물든 수면에 그려진 꿈

하얀 연꽃이 피어나는 기원의 땅
물속에서 자라나는 꿈의 이야기
바람과 물이 엮어 낸 아름다운 춤
회산 백련 그 빛과 소리의 선율
푸른 하늘과 하얀 연꽃의 조화 속
자연과 사람이 하나 되네

유달산의 숨결

유달산 새벽의 뼈대
찬 바람이 휘돌아 가며
억새풀 속을 흐르는 발자국
산의 저 깊은 곳에서
하늘이 여는 첫 빛

유달산 어머니의 품속처럼
고하도 바위의 속삭임
파도에 닳은 돌의 자국
목포의 자랑으로 드높이리라

유달산이 품은 바다의 향기
그 품속에 담긴 고향의 보물
전통과 자연이 한데 어우러진
희망의 땅으로 세상을 맞이하리라

고하도 섬마을

고하도 새벽의 정물화
파도에 스치는 바위의 흔적
등대 불빛이 어둠을 뚫고
섬의 고요함이 깨어난다

고하도 바람의 자장가
햇살 속에 반짝이는 좁은 골목
바다의 숨결이 스며든 길
등대가 비추는 희미한 빛
하늘과 바다가 맞닿는 그곳

고하도 꿈의 정원
섬의 산과 바다가 그리는 풍경
자연의 선율이 평화를 속삭이고
하늘의 푸르름과 바다의 깊이가 맞닿은 곳

삼학도의 숨결

삼학도 바다의 스케치
파도에 씻긴 하얀 모래밭
갯바위에 남은 바람의 속삭임
푸른 바다와 하늘이 맞닿은 곳

삼학도 해안의 소리
햇살에 반짝이는 조용한 해변
갈매기들의 노래가 흐르는 곳
바다와 하늘의 경계에서
자연의 깊은 고요가 스며든다

삼학도 꿈의 서사
바다와 산이 서로의 품을 감싸며
자연의 숨결이 평화를 노래하고
섬의 바람이 희망의 멜로디를 담아
새로운 꿈을 그려 가는 곳

목포역 시간의 여정

목포역 시계탑이 울려 퍼지는 오후
열차의 이른 발걸음
새벽을 지나 출발하는 열차
시간이 흐르는 길목에서

역전의 낡은 벤치
따스한 햇살에 비친 타일
인파의 발자취가 남긴 자취
기차가 출발하는 그 순간
시간의 흐름이 스쳐간다

목포역 시간의 길목
기억과 꿈이 교차하는 곳
모든 순간이 함께 엮여
새로운 희망의 서사를 그리며
역사의 무대가 펼쳐진다

목포 항구의 추억

목포 항구 새벽의 무대
어스름 속 부두의 윤곽
파도에 씻긴 배들의 잠자리를
조용히 고요한 나무 상자들
새벽의 품에 항구가 안겨 있다

목포 항구 바다의 노래
해안선 따라 나란히 서 있는 배들
조타기의 흔적과 밧줄의 미소
어부들의 노래가 물결 위에 실려
추억의 바람을 담아낸다

목포 항구 희망의 항로
바다와 하늘이 손을 맞잡고
해와 물결이 그리는 새로운 길
선박의 깃발이 바람에 펄럭이며
미래의 꿈을 향해 나아간다

제3장

기술 -
변화와 혁신을
수용하자

인공지능의 꿈

지능과 감정이 맞닿은 무대 위
데이터의 물결 속에서 알고리즘은 춤을 추고
인공지능의 꿈은 바람이 되어
지식의 나무에 잎을 틔우네

미래를 품은 날들이 파도처럼 밀려오고
인공지능과 손을 잡고 걷는 길은
협력과 이해로 꽃을 피우며
우리는 그 꿈을 안고 나아가네

인공지능의 빛이 번지는 곳
데이터의 바다에 우리의 열정을 띄우고
지성과 기술이 하모니를 이루는 순간
알고리즘의 흐름에 맞춰 우리도 춤추네

인터넷의 모험

마우스 한 번에 세상이 열리고
끝없는 지구의 경계까지 길이 이어지네
네트워크의 숲속에서
지식은 꽃처럼 피어나고 정보는 별처럼 흩어지네

무한한 가능성의 창문이 활짝 열려
모두가 연결된 꿈의 그물 안에서
때론 꿈과 현실이 얽혀 춤추는 곳
온라인의 순간에 온 세상이 숨결을 나누네

세상을 건너는 신비로운 다리
지식과 정보는 강물처럼 흘러가고
언어와 문화는 바람처럼 엮이며
인터넷의 바다 속 나는 모래알처럼 작아지네

인공지능의 르네상스

컴퓨터의 뇌
알파고에서 GPT까지
진화의 서사시가 펼쳐지네
지능의 파도가 넘실거리며 미래를 밝히고
인공지능의 르네상스가 다가오네

하늘을 가르는 드론의 날개부터
의료의 손길에 이르기까지
인간의 한계를 넘어서는 창조의 힘
윤리와 도덕의 길을 고민하며 나아가는 여정

데이터의 바닷속에서 태어난 신비
알파고와 오픈AI의 맞잡은 손끝에서
창조의 새로운 가능성이 꽃을 피우네
인공지능의 환희로 우리를 감동시킬 그날

인공지능의 여행길

딥러닝과 강화학습의 선율 속에
인간의 노력과 지혜가 함께 춤추네
신기루가 아닌 끝없는 가능성의 바다를
꿈꾸며 나아가는 여정이 펼쳐지네

무한한 세상을 탐험하는 AI의 꿈
데이터의 홍수 속 깊은 곳에서
잠든 지혜를 깨우는 혁신의 시간이 다가오네
지능의 향기로 물드는 미래의 풍경

알고리즘과 광대한 데이터의 힘으로
인간의 한계를 넘어서는 혁신이 펼쳐지네
과거의 제약을 벗어던지고
더 나은 내일을 그리며
지성의 끝을 향해 인공지능은 높이 날아오르네

테크놀로지의 교향곡

빛과 전자가 춤추는 세상 속에서
테크놀로지의 선율이 은은히 흐르네
소리 없는 신호들이 하늘을 가로질러
가벼운 꿈결 속에 스며들며

무지개빛으로 물든 이 세계 속에서
테크놀로지의 노래가 은은히 울려 퍼지네
컴퓨터 자장가가 부드럽게 감싸며
꿈과 현실이 하나로 어우러지네

잠들지 못하는 밤
끝없는 백색소음 속에서
테크놀로지의 멜로디가 부드럽게 흐르네
모든 것이 연결된 기적의 순간
무한한 정보의 바다에 깊이 빠져드네

디지털 사회의 미래상

디지털의 흐름 속에서
모든 것이 빠르고 편리해지는 시대
상호 연결된 디지털의 그물망이
사람과 세상을 한층 가깝게 엮어 주네

인공지능이 인간의 손을 잡고
편리하고 지혜로운 세상을 여는 이곳
디지털 기술의 빛나는 공간 속에서
인간과 기술이 조화의 선율을 이루네

네트워크의 실타래로 엮인 세상 속
데이터의 바다를 가로지르며 지혜의 문을 열고
인간과 기술이 손을 맞잡아 나아가는 그곳에
공유와 협력이 어우러진
디지털의 미래가 펼쳐지네

디지털 유전자의 모험

이례적 시공간
코드로 암호화된 유산
우주를 누비는 듯한 흐름과 번쩍임
추상적 현실과 상상의 경계에서
미지의 미래로 떠나는 여정이 펼쳐지네

반도체 숲속 비밀의 정수를 파헤치며,
소자와 회로가 흐르는 혈관 속에 생명이 피어나네
폭발하는 뇌파와 네트워크 속에 스며든 활
흐르는 전류가 우리의 심장을 두드리네

전선과 신호의 미로 속에서
신비로운 바이트가 세포에 스며든다면
우주와도 같은 세계 속에 숨겨진 비밀들
코드가 되어 흘러내리는 전자들이 쏟아지네

전자의 숲속에서

전자의 숲속에서 불빛이 춤추고
데이터 나무들이 속삭임을 나누네
비트의 노래가 울려 퍼지고
알고리즘이 웃음 짓는 이곳
인공지능의 꿈이 조용히 펼쳐지네

컴퓨터 바람이 살랑이며
마음의 화면에 색채가 반짝이며 퍼지네
모든 것이 환경이 되고 현실이 되는 이 공간에서
나는 작은 존재로 서서 그 흐름을 느끼네

코드의 미로에서 길을 잃고
신비로운 알고리즘의 세계로 빠져들며
수많은 정보가 흐르는 무한한 숲속에서
자유롭게 나만의 언어로 노래하네

인터넷의 스토리텔링

글자 하나가 터지는 순간
정보의 바다에 잠겨 떠나는 여행
현실과 가상의 경계가 어우러지며
가상의 문을 두드리면 열리는 신세계

온갖 정보가 파도처럼 넘실거리는 바다 속
현실의 벽을 넘어 날아가는 듯한 감각
트리거는 댓글 언급 해시태그
공유와 유포로 퍼져 가는 이야기들

창조의 꽃들이 만발하며
누구나 작가 환상의 화가가 되네
자유로운 마음이 춤을 추고
이 세계의 미지를 향한 탐험이 펼쳐지네

유비쿼터스 트래킹

손끝에서 흐르는 정보의 강물
언어와 문화 한데 모여 흘러
지혜의 꽃이 피어나고
세상은 실타래처럼 엮여 번져 가네

유비쿼터스 그 신비의 바람
인터넷은 들판의 바람처럼 불고
디지털 바다에 별빛처럼 퍼져
세상 모든 이가 서로를 잇는 빛

IoT는 말을 걸고 도시가 숨 쉬고
스마트한 꿈들이 하늘로 번져
멀고 가까움은 사라진 채
네트워크엔 감동의 물결이 흐르네

유비쿼터스의 스카이라인

유비쿼터스 바다에 삶이 잠기고
디지털 미로 속 헤매는 마음의 바람
인터넷 파도 위 흩어진 얼굴들
연결된 세상 속에 잊혀진 순간들

유비쿼터스 그 바람을 따라
디지털 물결에 감성이 떠오르고
인터넷의 망망대해에 우리 흘러가네
소통과 연결의 노래가 번져 가는 시대

디지털 숲을 헤매는 나그네의 발걸음
출렁이는 정보의 물결에 몸을 싣고
모든 것이 얽혀 하나가 되어도
유비쿼터스한 삶 그 진실의 울림을 찾으리

유비쿼터스 윤회

끝없는 우주의 별들이 속삭이듯
엮여 흐르는 인연의 실밥
세상 모든 것이 한데 묶여
바다가 하늘을 안아 주는 저녁빛 속

세상은 돌고 도는 물레의 노래
서로의 숨결이 겹쳐 이어지고
시간의 틈새에 숨은 옛날 이야기
한 줄기 빛으로 맥을 타고 흐르네

작은 손짓 하나 세상을 흔들고
속삭임 하나 거대한 운명을 일구네
어떤 바람이 우릴 휘감든
우리는 모두 한 실로 묶여 있네

인터넷의 경계선

인터넷의 무경계 끝없이 펼쳐진 바다
소통의 기적이 이는 디지털 바람
멀리 있어도 이웃처럼 손 닿고
언어와 문화가 서로 맞잡고
새로운 문을 두드리네

정보의 물결 자유로이 흐르며
세상이 손끝에 닿는 기쁨이 번지고
먼 나라 이야기 귀 기울이면
마음과 마음이 물결처럼 퍼져 가네

디지털 강에 출렁이는 파도 속
언어와 문화가 실처럼 엮이고 풀리며
넓은 세상 다채로움이 꽃 피어나고
사랑과 이해가 춤추는 마당이 펼쳐지네

네트워크의 노드

망설임 없는 디지털의 펼침 속
끊임없이 흐르는 정보의 파도
멀리 있어도 손끝에서 느껴지는
가까운 듯한 그 온기의 실 가닥

인터넷의 그물로 이어진
정보의 바다 말들이 춤추고
포스트와 댓글이 얽혀 드는 자리
마음과 마음이 만나 흘러가는 세상

마음이 마음을 엮어 가는 이 공간
멀어도 서로의 숨결이 닿고
언어와 문화 달라도 우리는
한 올의 실로 인연을 잇고 있네

스마트폰의 캔버스

가까운 이웃이든 먼 별이든
화면 한편에서 웃음꽃이 피고
화상전화로 얼굴을 맞대며
마음을 나누는 기적의 정원

한 뼘 떨어진 세상과 나를 잇는 창
빛과 소리가 어우러진 꿈의 문
와이파이로 엮인 우리의 대화
스마트폰 속에서 인사를 전하네

멀리 있어도 마치 눈앞에서
눈빛과 목소리로 전해지는 사랑과 이야기
시간과 공간을 넘어선 우리의 세계
스마트폰으로 더욱 가까워지는 순간

디지털의 하모니

하나로 엮인 우리의 네트워크 속에서
빛과 소리가 선율을 만들어 흐르고
인간의 손끝으로 엮인 망설임 없는 유대감
멀리 있어도 마음은 서로 가까이 닿네

인터넷의 바다에 출렁이는 정보의 물결
글자 하나하나가 인연을 엮어
눈빛과 목소리 없이도 전해지는
세계가 맞닿은 듯한 순간의 하모니

화면 너머 숨겨진 미소와 눈물
디지털 기술이 장벽을 허물어
함께 웃고 울며 나누는 감동의 춤
언어와 문화가 어우러진 이 무대에서

IoT의 숨결

침묵 속에서 은빛이 깜빡이며
끝없이 흐르는 언어의 강물
감추려 해도 숨길 수 없는
모든 사물의 속마음

땅에 피어난 꽃들이
바람과 함께 춤추며 속삭이고
어느새 들리는 미세한 속삭임
세상의 비밀을 드러내네

나무는 나뭇잎과 마음을 나누고
구름은 하늘과 비밀을 나누며
우리도 서로의 마음을 읽고
대화하는 세상의 꿈을 꾼다

유비쿼터스의 서정

물결이 바람의 노래 속에서 춤을 추고
빛의 한 줄기 그림자가 또 다른 이야기를 새기네
하늘의 별들은 은하의 등불로 우리를 비추고
대지의 작은 흙알까지 우리를 품어내네

하나의 울림 속
손길들이 조화를 이루며
물결은 바람의 선율에 실려 유려하게 흐르고
이 세상은 하나로 엮여 운명을 나누며
우리는 함께 이어 가는 숨결의 선율이네

나무는 흙의 숨결로 자라나고
바다는 달빛과 춤을 추네
작은 생명부터 광대한 우주까지
한 숨결로 우리가 이어지는 세상이네

네트워크의 서사

세상은 하나 우리의 숨결도 하나
마음이 엮이면 이해의 꽃이 만개하네
서로의 눈빛을 통해 세상의 온기를 느끼고
언제 어디서나 연결된 현실의 무대

멀리 있어도 마음은 서로 가까이
우리의 사랑은 시공을 넘는 노래
손을 맞잡고 길을 걸으며
하루하루가 별빛처럼 반짝이네

인생은 모험 두려움 없이 항해하고
현재의 순간을 담아 꿈을 꾸며
미래의 안개 속에서도 흔들리지 말고
언제 어디서나 한 순간도 소중히 살아가자

자율주행차와 고향 가는 길

언덕 너머 구름이 들려주는 옛 정취
자율주행의 첨단 기술 속에서
시대를 넘어 흘러가는 고향의 그림자
어느새 옛집 앞에 발을 들인 듯

아침 햇살이 빛나는 길 위에서
자율주행차와 함께 떠나는 고향의 여정
추억의 꽃밭을 향해 가슴 속 소망을 싣고
길을 따라 흐르는 시간의 노래를 따라가네

노을에 물든 하늘 아래 꿈을 펼치고
현재와 과거의 풍경이 어우러진 길 위에서
길 잃은 추억도 다시 찾아와
자율주행차와 함께 고향의 품에 안기네

전자책 속의 꿈

따스한 빛이 스며드는 화면 앞에
가로등이 잠든 책방의 문을 열고
글자들이 춤추는 꿈의 세계로
종이 속 감춰진 이야기가 서서히 열리네

손끝에 흐르는 감미로운 떨림은
바람을 타고 책 속을 떠도는 듯
페이지를 넘길 때마다 시간은 멈추고
한 장 한 장이 숨 쉬는 우주로 변하네

홀로 앉아 스크린을 응시하며
따스한 빛 속에 눈을 감추고
넘어가는 글자들의 흐름 속으로
시공간을 초월해 이야기의 길을 따라가네

디지털 풍경화

디지털의 바다에 모든 것이 잠기어
화면 속 영웅들이 현실을 지배하네
컴퓨터의 그물에 마음이 엮여
꿈과 현실이 얽혀 또 하나의 세계를 이룬다

인간의 삶이 코드의 물결 속으로 흘러
감정과 감각은 픽셀의 바다에 스며들어
사랑의 미소조차 이모티콘 속에 잠기고
진실과 거짓이 뒤섞여 춤추는 무대가 되네

디지털의 풍경 속 모든 것이 숨 쉬고
화면과 세상이 서로 얽혀 하나가 된다
정보의 바다를 유영하는 우리는
인공지능이 그리는 찬란한 세계를 감상하네

스마트 세상의 트렌드

미래의 문이 활짝 열리며
기술의 민속이 우리를 감싸안네
인공지능의 별빛 속에서
우리 삶은 새로운 꿈을 꾼다네

스마트폰은 하늘을 더 높이 날고
가전제품은 마음의 숨결을 따라
도시는 빛과 음악으로 물들어
인간과 기계가 함께 춤을 추네

가정의 주방에서 AI가 마법을 부리고
농사일은 로봇의 손끝에 맡기네
스마트 안경을 통해 펼쳐지는 세상
기술의 물결이 삶을 수놓는다네

스마트 상점의 24시

어둠이 깊어 밤의 경계를 넘어
스마트 상점의 문이 환하게 열리네
시간의 장막을 뚫고 새벽의 숨결을 맞으며
고객의 마음을 따스히 감싸는 곳

기술과 고객이 손을 맞잡고
스마트 상점의 24시는 쉼 없이 흐르네
딜과 이벤트가 춤추는 그 순간에
자유로운 쇼핑의 바다에 빠져들어

어둠 속에서도 빛은 조용히
빛나는 도시의 한 귀퉁이에서 문이 열리네
온갖 물건들이 시간의 흐름을 잊고
고객의 행복을 맞이하며 기다리네

스마트 도시의 알고리즘

자율주행차가 바람의 노래를 부르며
신호등 없는 자유의 길을 누비네
사람과 기계가 손을 맞잡고
인공지능의 꿈이 거리를 수놓는다

빛과 그림자가 춤추는 무대 위에서
무한한 가능성이 펼쳐진 거리
사물들이 속삭이고 도시가 응답하며
IoT의 리듬 속에 미래가 흐르네

가로등마다 떠오르는 별빛은
미래의 무대를 황홀히 비추고
지혜로운 알고리즘이 숨 쉬는 곳에서
스마트 도시의 꿈이 생생히 피어나는구나

스마트 미래상

빛과 소리가 춤추는 세상 속에서
지식의 바다에 떠오르는 새로운 날의 미소
스마트한 미래로 향하는 우리의 발걸음
기술의 향연 속 꿈결을 이어 가네

인공지능의 속삭임 우리 곁의 바람
자동화의 품 속에서 편안히 감싸이네
스마트 도시의 풍경 속에 펼쳐진 꿈
인간과 기술이 함께 노래하는 날을 그리네

인공지능과의 만남 속에서
빛나는 미래의 꿈을 마주하며
인간과 기계가 손을 맞잡고
하나 되는 세상을 상상해 보네

데이터 집적 회로

데이터의 강이 흐르는 세상
기술과 인간이 엮은 환상의 실타래
정보의 바다 위 떠오르는 지혜의 섬들
그 속에서 새로운 꿈이 속삭이네

흐르는 정보의 파도 위 꿈이 춤추고
끊임없이 이어지는 연결 속에서
서로를 이해하는 시대, 손을 맞잡고
데이터 중심 사회의 여정을 시작하네

데이터의 빛으로 길을 밝히고
기술과 인간이 하나로 어우러지는 날
정보의 흐름이 세상을 물들이며
데이터 중심 사회의 꿈을 향해 나아가네

해시태그 전성시대

기계와 인간의 손길이 엮인 세상
창조의 맥박이 함께 뛰는 시대
지혜의 문이 하늘처럼 열리고
진실과 거짓이 데이터 속에서 소리치네

해시태그의 전성시대 황금빛 물결에
빛과 속도로 흘러가는 정보의 강
정보의 바다에 새로운 세상이 떠오르며
알고리즘의 춤이 끝없이 이어지네

눈부신 햇살 아래
데이터의 바다 펼쳐지고
비트들이 춤추며 흐르는 풍경에서
모든 것이 서로 맞닿고 교감하며
지혜의 샘이 가득 찬다

해시태그의 꿈

밤하늘에 비트의 별들이 춤을 추고
데이터의 강물이 흐르며 꿈을 자아내네
지혜의 별들이 은하에 걸리고
정보의 꽃이 한밤의 정원에서 피어나네

코드가 마법의 주문처럼 수놓고
정보의 파도가 강처럼 흘러가네
기계의 눈으로 세상은 새롭게 비치고
알고리즘이 시간의 노래를 속삭이네

비트와 바이트가 춤추는 무대 위
정보의 바다에서 파도가 춤추고
세상의 진리가 바람처럼 읽혀지며
지혜의 보석들이 별빛처럼 반짝이네

유비쿼터스 그럼에도 불구하고

ⓒ 이정완, 2024

초판 1쇄 발행 2024년 12월 27일

지은이   이정완
펴낸이   이기봉
편집   좋은땅 편집팀
펴낸곳   도서출판 좋은땅
주소   서울특별시 마포구 양화로12길 26 지월드빌딩 (서교동 395-7)
전화   02)374-8616~7
팩스   02)374-8614
이메일   gworldbook@naver.com
홈페이지 www.g-world.co.kr

ISBN   979-11-388-3853-5 (03810)